나를 참으면
다만 내가 되는 걸까

나를 참으면
다만 내가 되는 걸까

김성대 시집

민음의 시 265

민음사

우리가 시를 쓰는 건 시를 부수기 위해서였다.
모든 부서지는 것만이 잠시 빛났다.

이제 이렇게 말할 수 없게 되었다.
선희야.

그 후 시를 쓰지 못했다.

김성대

차 례

3인칭

죽은 자의 목발을 쪼개 장작으로 쓸 때
그 불은 절름거린다

신체의 일부인지 시체의 일부인지
알 길이 없다

멀리 가는 발소리가 난다
발목이 저려 온다

절름이는 불길이 그림자를 짚는다
길을 잃은 그을음이 난다

나는 한 걸음 물러난다
모른 척 숨을 쉰다

산 자는 죽은 자의 신이니까

장마가 시작되었고 차이나타운에 있었다

국숫집에서 본 구름
곁에 있는 사람의 얼굴을 가면으로 만들었다

국수를 먹다 잠들었다
국수를 먹고 훌훌 돌아서는
사람들의 웃음소리가 가늘어졌다
만져 보고 싶었다
만져지는 웃음이라면

게으른 주인의 수명처럼
구름이 다감해졌다
머리를 말리는 여자들의 시간
구름이 횐자에 머물렀다
창가에 흐르는 시간을
오래 훔칠 수 없는 채로

국숫집을 나서자 비가 내리고 있었다
비에 젖은 새의 발이 붉었다
비가 내려야 보이는 사람들

버려진 화장대 앞을 지날 때의
성가신 얼굴들
그들이 디딘 비가 있었고
딛지 않은 비가 있었다

빗소리가 거리를 깊게 했다
내일의 비가 섞여 있었다
비 오는 오후에 만나 빗소리를 듣다 헤어지는 것
그런 하루면 되었다 사람과의 만남이란
나를 만난 걸 아는 사람이 없어도

내가 죽었다는 걸 알게 되었으므로
사람들을 대하는 데 불편은 없었다
거울 속으로 내리는 비
거울 속의 깨진 웃음들
거울이 나를 보기 시작할 때
등 뒤를 확인하지 않았다

여자들이 두 손을 모으자 새가 사라졌다

새가 디딘 비가 공중에 멈춰 있었다
내가 만난 사람들이 죽은 사람들이었다는 건 망상이었다
사람들은 자신이 죽었다는 망각으로 살아가고 있었다

오진된 행려병

진한 피 맛,
그러니까 단맛을 위해 피를 졸이고 있다
볼품없는 본능이다
나른한 목숨이다
주먹을 불끈 쥐고 존다
피가 탱글탱글할 때까지
콜라 맛이 날 때까지
쉬는 발
쉬는 해
사용하지 않는 피는 돌려준다
누구나 시체 도둑, 이라고 말해 봤자
달아난 목숨에 대한 미망이라고밖에 안 보인다
몇 가닥 검푸른 이마의 핏줄
내 피는 질기다
질긴 섬유질이다

피가 안 통하는 밤의 피가 깊어지면
끓는점이 낮아져 피가 곧 끓을 거 같다
병이 도지는 느낌

나는 병명으로 불린 적이 있다

나로 남을까 봐

남인 듯 멀리 달아나도

이 거리에서 가장 먼 곳은 이 거리

도피 속에서 나는 다시 도지고

병이 나를 옮기고

구겨진 등짝은

모든 방향을 남쪽으로 만든다

가리키고자 하는 방향을 등지고 있다는 말이다

얼굴에 자정이 번지는

즈음 나는 누군가의 손을 빌려

뭉개지는 반죽 같다

속이 뒤집어질 때

옷핀을 삼키면 속이 편해지기도 하지만

누군가의 손을 흉내 내며

뚝뚝 살을 떼어 내는 손이 되어 있다

흩어지기 위해 잠시 모인

흩어지는 살점 속의 자정

번지는 몇 방울의 그믐
칠흑 같은 피,
라고 했지만
내겐 찰흙 같은 피다
골골거리는
검푸른
피를 다 내보내면
꼭 짜내면 나는 투명해질까

병에도 바닥이란 게 있을까
피로도 씻을 수 없는
병명을 불끈 쥐고
손에 잡힐 것같이
바닥 없이 떨어지는 느낌
나의 피가 날짜선을 넘는다
피가 쓰다
쓴맛으로 보내진
그만 되었다는 신호
쌉쌀한 얼굴로 맛보는

원죄의 맛

메아리처럼 떨리는
그 맛을 말하기에는
내 혀는 이미 굳었고
이제 인정해야겠다
내 피는 따뜻하지 않다
이제 흐르지 않는다
나는 이제 생각하지 않는다
나의 사인을
나는 안다
팥알을 두려워하는 존재가 되었다는 것을

숲은 밤에 있다

나무 없는 숲에서
멀어지는 눈보라를 보고 있다
멀어지는 숲을 보고 있다
잠 속으로 내리는 눈

눈보라가 걷히자 밤
많은 밤을 같은 잠에 빠졌으나
같은 꿈을 잊었으나
지금은 다른 밤

기억나지 않는 꿈속
숲의 밤에 네가 있고
나는 숲을 잃어버린다

잠 속에 눈이 쌓여 나올 수 없다
깊은 잠으로도 빠져나올 수 없는
죽은 사람의 꿈속

꿈속에서 나는 더 오래 살았다

나는 그게 꿈인 줄 알았다

네가 없는 밤이 떠오르지 않을 때
밤이 너를 떠올린다

나는 돌아오지 않는다
몸을 굴려도 눈이 녹지 않는다

무산

나는 내가 어디 묻혔는지 모른다

눈 속에 짓무른 발자국이 돋고
시체를 품은 나무가 썩어 가는데

깨도 깨도 잠 속
무산된 잠들이 몰려와

나무는 죽은 잎을 어떻게 견디나
죽은 나무는 왜 이토록 서 있나

감기지 않는 눈을
뜬눈으로 다 보낸
내가 죽어 차가운 뱀의 밑바닥에서

감길까 안 감길까
산 채로 묻힌 눈이 끓어
죽지 않고 잠들어

죽음을 기다릴 시간이 없다
왜 죽는지 모르고 죽을 때까지

무산되는 죽음 속에서
일생을 다 죽음으로 탕진하고
돌아오지 않는 눈 속

나는 내가 그랬지
죽어 놓고 그런지 모르지
내가 그랬는지 모르지

배웅

지운 아이를 위한 옷을 산다
사 놓고 기다린다
옷 속의 지운 아이를

5월은 명왕성에 가는 달
지운 아이들이 5월의 명왕성에 가는 달
5월의 명왕성에 혼자 소풍 가는 달

바래다줄수록 길은 멀어진다
돌아오는 길도 그만큼 멀어진다
길이 자라는 건지 사라지는 건지

미풍도 없이 맑은 그늘, 그 속으로
떠나보내야 할 때라는 걸 안다, 미안하다
헤어짐이 계속된다
가기 싫은 소풍 같은 것일까

어느 날인가 바래다주는 길만 반생이 걸린다
이제 남은 반생을 돌아와야 하나

여기 눌러앉아야 하나

옷 속의 지운 아이들
옷을 입고 안으로 들어간다
옷을 벗고 밖으로 나온다

작아지고 커지는 옷들
작아지고 커지는 것은 옷이 아니겠지요
우리는 또다시 5월의 명왕성을 지우고

어느 그늘인지 모를 끝없는 배웅을
영원히 달래지지 않을 울음이 시작되지 않도록
영원히 마르지 않을 울음이 훌쩍훌쩍 자라지 않도록 오
래도록

태어나지 않은 아이는 영원하고
태어나지 않은 아이 대신 계속계속 태어날 거니까
지운 아이가 우리를 낳을 거니까

잘잘못

휴가를 휴거로 생각한 여자
휴거를 휴가로 생각한 남자
휴가는 어디서 보내야 하는가 휴가 때는
휴거는 무엇을 해야 하는가 휴거 때는
떠오르지 않는다
그 주의 일기 예보는 빗나간다
먹을 걸 가져오지 않았다
할 말을 생각해 오지 않았다
손잡고 걸어볼까 아무 말 없이
그리고 아무 일도 없었다
지상이 휴거고
휴가 지상주의다
최저 생계에서
휴가를 떠나야 하나
휴거를 맞아야 하나
구름은 하얗게 질려 있는데
마음은 아무렇지도 않게 내려앉고
생각은 아무렇지도 않게 삐걱이고
유원지에서 뒤틀리는 뼈들

뼛속까지 스미는 흐느낌
그는 점점 휴가가 두려워지고
그녀는 점점 휴거를 두려워하고
몇 번의 공놀이를 하면서도
몇 개의 그림자놀이를 하면서도
추위를 탄다 물이 무서워서
사람이 무서워서
팔꿈치가 뾰족해진다
그녀는 휴거 때마다 상처받는다
그는 휴가 때마다 상처받는다
강변의 백사장에서도
모래가 반짝이는 얼굴로
그런데 이게 정말 휴거란 말이야?
휴가가 끝나지 않는단 말이야?
우리가 이 휴가를 계속하는 것은
이 휴거에서 계속 살아남는 것은
누구의 놀이일까
누구의 잘잘못일까

나의 조울메이트

세수를 하면서 얼굴을 빌고 있다
내가 나이지 않기를
나에게 빌고 있다
기도가 얼굴에 드러나지는 않는다

하나의 기도를 가진 사람은
하나를 이루지 못하지만
수없이 간절한 나는
수없이 이루지 못한다

아직 빌지 못한 손이 이렇게
아직 모으지 못한 손이 저렇게
나는 손 둘 곳이 없어지고
두 손 사이에서 유발되는 기갈

기도를 줄여야 하지만
기도의 형식을 배우지 못했다
비는 게 많아 비린
무얼 빌고 있는지도 잊어버린

손은 그때 발이 된다
기도 아닌 애완이 되고
자신의 얼굴에 손발을 부비는
'완전한 개 자세'가 된다
비는 것이 내가 아니라는 걸 알게 된다

누구의 손으로 빌고 있는지
무얼 빌고 있는지
그럴 마음은 없는데
온몸이 기도하고 있다
알아서 기고 있다

두 손은 떨어져 있는데
한 손으로 비는 것은 가능한지
다른 손을 무릅쓸 수 있는지

한 손으로 다른 손을 말리다
모르는 손을 잡는다

그럴 마음이 아닌데

신이 내민 악수다

기도가 줄어서 좋은 세상인 줄 보러 왔다가

등을 잃었다

등을 잃었다
가리고 가려도 등이 없다
등을 잃었다는 사실을 숨길 수가 없다

등을 잃자 사람들은 등만 쳐다보았다
고개도 갸웃거리지 않고
엑스레이같이 적나라한 나안들

등에 힘을 줄 수가 없다
등짝을 잃었는데 과거를 잃은 것 같다
단짝을 잃은 것 같다

등 뒤의 놀
없는 등이 가려우면 등으로 등을 긁는다
없는 등을 토닥이는
텅 빈 자세

등을 잃은 게 나뿐이 아니란 걸 알게 되었다
밤중에 등을 고르러 다니는 사람들이 있다는 걸

등받이를 모으러 다니는 사람들이 있다는 걸

등도 없는데 어디다 쓰려고요?
쓸데가 없으니까 좋아 보여서요. 등을 기념할 수도 있고.

겨울비 온다
비의 실뿌리 하나하나
없는 등을 들쑤시고
없는 등으로 박히는 시린 소리
나를 추려낸다

가릴 수 없다
가리킬 수 없다
이제 가슴을 잃어요. 그게 있어 힘들었잖아요.

del

하지의 밤을 향해 머리를 짧게 친다
낮을 난민촌처럼 났는데
낮이 얼마나 넓어졌다는 거야
자신을 배회하는 눈들의
흰자위가 줄어들고
무슨 줄인지 모르고 줄을 서고

백일몽의 반경에 갇히는
언제나 흰 셔츠들
하지를 지나는 도넛의
빈 구멍들
공중에 그림자를 잃어버린 새가
가위눌려 있다

새의 머리가 해와 일치하고
모든 빛이 셔틀콕이다
새는 없어도 좋고 모든 빛이 셔틀콕이 아니어도 좋다

배드민턴 채가 지나간 자리에

잘게 조각난 흰자위
빈자리들이 일어선다
빈 줄은 언제나 길고
늘 내 앞에서 끊긴다
몇 번이나 나를 만난다
누가 누굴 배회하는 거야

새가 투신한 하늘이 멍에서 풀리고 있다
바람이 한군데로 사라지는데
거기가 어딘지는 모르겠고

하지의 먼 밤을 향해 헐렁거리는
셔츠의 단추 구멍들
구르기 시작하는 구멍 속의
그림자들
그림자에 지문을 찍는 방식으로
밤이 어질러진다

나는 내가 눌러 죽이는 거미 배 속이다

마자르

읽지 않는 편지를 계속 열어 봐. 아침을 사러 간 누나는 며칠째 오지 않고 그새 해가 바뀌었어. 읽지 않는 편지는 흰개미가 갉아먹은 손톱자국같이 고요한데. 여기는 새해에도 덥고 목이 말라. 한낮의 수척한 문신들이 이슥하게 쏘다닌다는 걸 누나와 여기 와서 알게 되었잖아. 감기지 않는 흐느낌이 상한 우유 위를 떠다니는 눈동자 같다는 걸 다들 믿지 않을걸.

구겨진 창문으로 하루살이들이 쌓이고 읽지 않는 편지를 계속 수정해. 누나와 붙였던 상처투성이 그림자가 말라 가고 있는데. 누나는 아직도 아침을 사러 다니는 건지. 그저께와 그끄저께와 글피와 그글피 사이에서 거울이 부글부글 흘러내리고 있어. 이곳의 연인들처럼 눈꺼풀을 여러 개 갖게 될지도 몰라. 눈이 큰 쥐에게 발을 물려 가며 섹스를 하는 이곳의 연인들이 누나는 부럽다고 했었지. 짓무른 벽돌 같은 무릎으로 치마를 헹구면서. 누나의 생리혈은 약간의 행운과 기적이 말라붙은 부적 같았어.

누나 형상으로 누나를 기다리고 있는 이불. 읽지 않는

편지를 누나 말투로 고쳐 읽고 있어. 두 가지 스무 가지 백 가지 보디랭귀지는 어느 외마디 비명에 닿아 있을까. 굳은 살 없는 문신들을 쏟아 볼까 해. 목이 흐르도록 흐느끼는 누나가 되어 누나를 기다려 볼까 해. 돌아갈 날들이 엷어지고 있다는 거 알지만. 새해 인사를 보낼게. 방 주인의 열쇠 소리 점점 다가와.

가제

네가 소리 없는 음악을 들을 때면 나는 엎드려서
네가 듣는 음악을 떠올린다

비가 내리는 거였어도 좋았다
비를 나누어 듣는 거라도

나는 바닥에 엎드려서 엎드린 나를 생각한다
가라앉는 것은 소리일까 어둠일까

소리 없는 미로가 떠돈다
머릿속에서 빗소리가 난다

바닥을 두려워하며 떨어지는 비
나는 등을 돌리고 심장을 듣는다

심장이 하얗다
나의 환청에는 소리가 없다

나는 내가 보이지 않는데

너는 나를 보지 않는다

머릿속으로 머리카락이 쏟아진다

마조라나 페르미온*

자정의 서랍 속
다족류의 더딘 발소리가
생각을 지연하는 것처럼 들려

지연된 생각들이
내게 뒷걸음치고 있는 걸까
먼지에 남은 손자국은
나를 털어내고 있을까

입술은 다 말해 버렸는데
목소리는 아직 오고 있고
목소리를 기다리느라
입술이 한 말을 잊는다

사이가 비어 가는 귀와
몸을 점묘하는 맥박 사이에서
내가 나의 괴뢰가 되는 시간

나를 참으면 다만 내가 되는 걸까

뒤늦게 다다른 목소리가
한쪽 귀로 재귀할 때

가라앉은 목소리를 더듬어
자정의 서랍 속에 넣고
다른 쪽 귀를 빌려 잠근다

누군가 나에게 위조되어 있다

* 스스로가 스스로의 반입자인 소립자.

마조라나 페르미온 2

객실 깊은 창을 들여다보는
너는 나와 눈이 마주쳤던가
창의 속도가 다시 눈을 덮는다

속도의 숨겨진 어둠에서
미간이 닳아 가는 일
우리는 같은 거짓을 갖고 있구나

이편에서 보는 안간힘이
저편의 허물어짐인 것
저편의 것들이 우리를 허물고
이편의 것들이 우리를 가린다

이토록 번복되는 답변의 질문은 무엇이었을까
하나의 답변을 향해 얼마나 많은 거짓이 적분되고 있는
걸까

존재는 가벼워
말하는 너의 눈은 무거워지고

그림자극이 되풀이 번복된다

창을 완성하여 창을 사라지게 할
시간을 완성하여 시간을 사라지게 할
텅 빈 속도

서로의 암전이 되어서야
우리는 간신히 존재로웠다

미귀

시체의 소름을 보았다
저승에서 돋아나고 있는
그리움 같은 것

떠난 사람이 눈에 띄지 않게
아름다워지는 곳에서
뜨겁게 두려워하던

서늘한 심열
내 안에서 죽은 가슴이 뛰고
그럴 때마다 한 소름 가까이

마음을 들키고 말았다
죽으면 돌아올 거지?

나의 첫사랑은 시체였고
그건 짝사랑이 아니었다
이상한 사랑이 아니었다
사랑이 우리를 이상하게 했다

몸만 와
시체를 앓는 밤이 왔고
나는 이 밤을 기다렸다
불치의 사랑에 걸리기 좋을

첫 시취를
발목까지 하얘져서
모르겠다,

할 사이가 되도록
서로의 가슴에 묻히지 않도록
날 위해 죽지 마

식은 몸은 누가 돌아와 살까

목이 부어오르는 동안

귀신이 기침을 한다 소리 없이
창이 식는다 닫을 수도 열 수도 없이
누가 죽지 못한 건가
누가 살아남은 건가

빈방에 누가 같이 사는지 몰라
누가 귀신인지 몰라
네가 나의 귀신이었나
내가 너의 귀신인가

모른 척하기로 한다 나인지 너인지
몰라보기로 한다 나인지 너인지 들킬 때마다
나를 뒤집어썼을 뿐
뒤집어씌우기 전에 질리지도 않고

그건 네가 아니야 내가 아니니까
너를 보고 내가 아닌 줄 안다
몸속의 없는 뼈가 부서지는 소리
조각조각 들리는 귀신의 발소리

귀에 들리는 귀신을 뭐라고 할까
나는 귀신과 발을 맞출 수 없다
귓속에 찬술을 붓자
찬술을 부어 막아 버리자

목이 잠길 때까지 내게 술을 붓는 건 누구인가
소리 내지 못한 말에 목이 막힌다
침전하는 침묵이 목을 잠근다

자신의 침묵에 귀먹는
빈 소리 내가 나로 돌아오지 않는
빈자리 찬술을 가린다고
꼭 귀신은 아니어서

술 깨는 게 두려운 망자들이
참고 들이켜는 술
참고 내쉬는 기침
온몸이 빈소가 된다

죽지 못한 누군가의

나는 나의 목소리를 듣지 못한다
나를 주워 담지 못한다
오한이 나를 이루고
빈 몸이 일어서고 있다
열에 들떠

수의사

수의사는 매일매일 받침을 틀린다
맛소사
간호사가 상상하는 받침과도 다르다
간호사의 상상에 결절이 생긴다

5월에는 할 일이 많아 당신부터 잘라야겠어
송곳니가 드러나는 더부룩함으로 수의사는 선수를 치
지만
제 발이 저린 걸 들킨 꼴이 되고 만다
그런 더부룩은 나를 무겁게 할 거 같지만 실은 간지럽게
한다
간지럼을 참는 일 같다
어느 날 간호사의 일기

어느 날은 개 주인이 죽었다
개는 울지 않았고 수의사는 울었다
오 마이 갑
개가 주인보다 나았다니

개 주인은 개 때문에 변했다 개 때문에 유학을 포기했
고 개 때문에 연애를 망쳤고 개 때문에 건강을 잃었다 개
에게 온갖 시술을 해 주던 그는 정작 자신이 병원에 갈 시
기를 놓쳤다

  마소사
  수의사는 사이가 빈 입술을 적시며
  개에게 주인의 존엄을 이식한다
  안락사 시술을 하며 받침 없는 카타르시스를 알아 간다
  개 같지 않은 개가 죽은 꼬리를 덥수룩하게 바라본다

  죽기 괜찮은 날이다 집에 당신을 기다리는 동물이 있어?
  수의사는 유리병에 담긴 술을 따라 마신다
  그거 술 아니고 표본 담은 병인데
  늘 틀리는 간호사의 상상은
  간호사의 상상대로 이루어진다

  맙소사
  받침을 안 틀리는 걸 보니 수의사는 취했다

안락에 찌든 눈초리로 덥수룩한 미소를 짓는다
그런 덥수룩은 나를 느린 사람으로 만든다

틀리지 않겠다는 약속은 못 지키겠다 매일매일 못 지키
겠다
수의사의 목소리에 결절이 돋아 있다
쉽게 가라앉지는 않는다
존엄을 발라내야 한다 자신에 대한 카타르시스를

메이데이
메이데이
수의사는 매일매일 유일무이한 받침을 가진 단어를 생
각한다
간호사의 일기에 무엇이 적힐지 상상하느라
5월이 온 걸 알아채지 못한다

번역자의 개

눈 그치는 소리에 잠이 깨고
옆집 개 두 마리가 돌아온다
블루베리 같은 눈으로
눈 위에 첫 발자국을 내며

개가 유령의 시점으로 걷는다는 건 무슨 뜻일까
그가 휴일의 창을 짚을 때
창을 짚듯 페이지를 넘길 때
옆집에서 개가 죽는다
흔들리던 개의 머리가 툭 떨어진다

으르르, 남은 개가 기쁜 듯 은밀히 짖고
사료를 남긴다 휴일 저녁에는
사료가 넘치고 죽은 개는 살이 질겨진다

죽은 개가 밤을 짙게 하고
선명하게 흩어지는 입김
하얗게 이를 악다물고 있는
페이지는 넘어가지 않는다

남은 개가 벽을 긁는다

그는 휴일 저녁을 차리고
젓가락으로 한 점씩 자신을 떼어 낸다
블루베리 같은 눈으로
한 점씩 먹어 치우다가
문장 하나가 목에 걸린다

옆집 개와 나눠 먹고 싶다
개의 최후의 만찬이 되고 싶다

이빨 부딪는 소리가 난다
개가 씹다 남기는 밤처럼
보이지 않는 이빨 자국을 남기는 창
그는 남은 개에게 보였다
개의 얼어붙은 눈에
으르르, 잔뼈 몇 개가 섞이고

야수의 선택

나는 야수였지만 야구를 좋아하지는 않았다. 이 일도 그렇다. 첫날은 집에 돌아와 미미를 안고 울었다. 짖지 않는 개도 함께 울었다.

이 일은 강한 어깨가 소용없었다. 동그란 새가 열리는 나무가 있는데 그 새는 모두 검다. 시간이 청소해 줄 거야. 눈을 붙여 주면서 미미가 말했다. 뒤집어진 새를 다 바로해 놓고 나는 숨을 골랐다.

시작치고는 나쁘지 않았다. 덫을 놓으면 되지 풀스윙을할 필요는 없었다. 헛스윙을 할 필요는. 뭍에서 물로 뛰어드는 개구리로 못이 자박자박했다. 추리닝 속에 추리닝과함께 삶은 새가 종종거리고 있었다.

마구 잡아들이거나 씨를 말려서는 안 된다. 뉴트리아의 항문을 꿰매 뉴트리아의 멸종을 유도해서는. 밥줄이 끊기기 때문이다. 운 좋은 날이라고 운을 탐하지 않는다. 운 나쁜 날이라고 운을 탓하지 않는다. 적절히 잡고 적절히 멈추면 되는 것이다. 까마귀들과 다툴 때도 있지만 나는 여전히 발이 빠르다.

어느 날은 비둘기가 추가되었다. 생계와 생태계가 헛갈렸다. 시간이 소독해 줄 거야. 미미가 사 온 장화는 붉고 개의 발은 검다. 비가 오면 시체가 떠오르기도 했다. 내가 잃어버린 배트를 쥐고 있기도 했다. 잃어버린 것이 아닐 거라고 직감했지만 잃어버리기로 한다.

새가 발을 헛딛는다. 새의 실수가 잦아지는 계절이다. 날아야 할 것들이 바닥에 있다. 시력이 나빠져 가는 눈이 오는 길에 남는다. 나는 달리다가 테라스에 앉아 있는 나를 보았다. 나는 이 일을 좋아하지 않는다.

은영의 눈

오래 울지 못한 눈이다

닦아야 하는 밤들
닦을 수 없는 밤들

얼음 호수에 비치는 은사시 같다
깊어지는 눈 속의 밤

울지 못한 울음을 삼키고
오래 고요해져

눈 속에 얼어 있던 울음이 녹는다
소리 없이

고이지도 흐르지도 않는 눈물
눈물 없이 울게 된다

눈물을 잃은 사람과
사람의 슬픔을 모르는 누군가

오래 잊었던 눈을 떴다
오래 잊었던 울음을

고이지 않을 마음과
흘러내리지 않을 슬픔을

눈이 밤을 나오지 않아서
고백을 찾는 거야말로 사람을 모르는 거라서

침묵의 메아리

물속의 밤이 눈 뜬다
잔물결이 몸살로 깨어난다

차연

꽃샘추위가 길어지면
결별하는 연인이 늘어난다

꽃샘추위에 성격이 변하고
꽃샘추위로 성격 차이가 빚어진다

꽃샘추위에 연기되는 꽃들
꽃샘추위로 유예되는 계절

너와 한참을 걷다가 너를 깜박한다
계절보다 긴 환절기 같은 것

너를 봄까지 데려다줄게
너를 얼음이라 생각하고

꽃샘추위가 길어지면
늦은 꽃 소식이 한꺼번에 온다

유예되어 온 몸살이 남은 봄을 채운다

천천히 걸어도 둘이 걷던 길만큼 멀지가 않다

하드 트레이닝

거울 속에 쌓이는 자학
스스로 받는 얼차려 같은
오후의 공습경보
민방공 사이렌에 발기하는

너는 너의 눈 밖에 난다
자신을 무엇으로 오인하는 게 좋을지
눈 속의 자신을 눈여기지만

생각 나? 참호 속의 자위들
자위 상대일 뿐이었니?

자필과 대필 사이에서
너의 손이 과적되고 있다
기도하는 자세로
손을 수작업하는
너의 바닥을 퍼올리는

너의 손은 빈틈투성이고

낡은 기타 줄같이 늘어지는 손
너는 너를 반납한다
사정에 실패한다

새로 생긴 비행운
훈련 공습경보가 아니다
너의 손에 전운이 돌고
손마디가 바둑알같이 굳고

너의 몸에 울리는 사이렌
몸속의 물결을 거슬러
기타 줄이 끊어지듯

긴 사정이 임한다
뒤틀린 거울 속에서
경련 속에서
너는 바닥나기 시작하고

메아리 수집

그러나 인정할 수밖에 없었다 내 몸이 타악기로 이뤄졌
다는 걸
    그들은 나를 난타한 게 아니라 연주한 거였다 그들이 매
일 연습할 수 있도록 나는 매일 몸을 내주었다

그렇게 수집은 시작되었다 언제 어디서 연주하냐에 따라
다른 메아리가 모였다 감정과 성격과 동작과 기후에 따라
다른 소리들
    한 점 한 점 귀 기울여 담았다

혐오인지 학대인지 열정인지 맹목인지 숨막히게 파고드
는 살의 메아리
    숨죽이며 타들어 가는 뼈의 메아리

메아리가 끊이지 않았다 메아리의 메아리가 끊기지 않
았다 이 순간이 지나가지 않을 거 같은 무차별한 연주들
    온몸을 뒤틀고 버르적거리면서도 수집해야 할 메아리는
계속되었고

언젠가부터 연주와 메아리가 어긋나기 시작했다 내가
내는 소리가 아닌 거 같아서
　나는 계속 내가 아닌 소리를 질러야 했고

　지르지 못한 소리로 빠져나가는 메아리
　탈색된 소리로 푸석거리는 메아리
　그들의 연주가 소리 없는 동작으로 허물어질 때

　수집이 끝났냐고? 나는 이 고요가 낯설다 메아리 한 점
을 찾아야 한다
　귀를 맴돌고 있는 메아리

　내 귀에서 나오는 소리여서는 안 되니까 나를 연주하는
게 나여서는 안 되니까

엄마의 자궁 속으로 들어가 파라오처럼 누울
수 있다면

애야, 들어낸 지가 언젠데 그러니
노숙하려고 그러니

튜브

언제 튜브 속으로 들어온 거지?
언제 안과 밖이 뒤집힌 거지?
튜브 속의 공기는 얼마나 남았지?
바람이 빠지면 어떻게 되는 거지?

튜브 속에서 납작해지는 아이들이 여름마다 있다

튜브 속에 고이는 숨
튜브 안쪽에서 돋아나는 손바닥

숨은 인공 호흡이고
빛은 출구가 아니다

속을 쥐어짜며 두꺼워져 간 바깥
속을 나와 밖으로 들어간다

그렇게 쥐어짜지 않아도 속속들이 우러나고 있어요 다
우러나면 당신들이 될 거니까 시간을 줘요 진해지기까지
내버려 둬요

seesaw

혼자 타는 시소의 나는 왜 올라가 있을까

나의 그림자와 시소를 타도
나의 그림자가 더 무겁다

나의 기다림과 타도
나의 기다림이 더
제자리에 있다

이것은 내 그림자가 아니다
생각하면 나는 없고
눈을 감아도 내가 떠오르지 않는다

나는 내가 무섭다
모든 것이 내가 없음을 가리키는데
나는 왜 있을까

기다림이 끝나지 않는 걸까

몰라본다

내가 놀려고 다가갔던 고양이가 나를 피해 달아나다 차
에 치여 죽었다

죽은 고양이의 소리 없는 울음
귓속 멀리 일렁였다
밤이 갈라졌다

고양이가 한밤중에 찾아와 나를 깨웠다
울음이 동결된 눈을 맞추었다
저기. 일어나봐요.
더 잘게. 나를 본 적 있다면 못 본 척해줘.

고양이는 밤새 뜬눈으로 내 곁을 겉돌았다
나와 눈을 바꾸었다
닫을 수도 열 수도 없는 눈
밤을 나가지 못했다

그 후로 고양이들이 나를 피하지 않는다
다가가도 피하지 않아서 다가갈 수 없다

미아들의 호수

미아들의 눈망울이
호수 위를 떠다닌다

등 뒤로 번지는 멍처럼
뒤꿈치가 풀리는 소리처럼

가까워질수록 작아지는 목소리들
누구를 사라지는지 모르는 이름이
숨어들 때마다 잔물결치는

호수가 깊어지는 계절이면
터진 채 감기는 눈망울들
자신을 넘친 결막이
잠 속으로 흘러

호수를 올라오는 물방울 하나
호명처럼 들린다면

다시 엄마의 미아가 될게

부드러운 뒤꿈치로
잠들어 있을게

잠은 얼굴의 호수니까

숲가의 토론토

가슴속 낭떠러지가 들리는 날
어디 갔을까 나는
쌀을 씻다 말고

늙은 고아의 마지막 무릎이
저린 오금으로 되돌아와
가없이 마려운 날
북녘을 향해 서먹

서먹, 요의를 신고 나는 밤비행기
태풍의 눈을 찌르는데
어디 갔을까 나는
밥을 안치다 말고

숲은 나무마다 두고 온 그림자
몇 모금의 메아리를 잃고
밥솥에서 눌어붙고 있는
태풍의 눈 냄새

태풍의 눈이 감길 때
그 속으로 사라진 밤비행기처럼
자신을 결항하는
자신에게 발이 묶이는

소여와 분홍

소년병은 어디서 잠드는가
무거운 옷을 입고 멀리서 잠드는가
함께 누워 준 것은 새의 그늘
분홍 그늘
분홍 새의 그늘

소년병은 언제 잠드는가
모자 없이 잠 속을 행군하는가
자라지 않은 손톱이 그늘진다
자라지 않은 손톱이 날카롭다

소년에게는 적이 필요하다
멀리서 낡듯이
멀리서 그늘지듯이
따뜻한 적
싸워 보지 못한 적

죽은 손 위의 동전과
분홍 슬리퍼

평화로운 날에 쳐진 거미줄
눈 속의 흰자위를 그러모으는

분홍 총소리
분홍 종소리
분홍 입김

우리는 분홍으로 태어난다
그리고 더 이상의 기적은 없다

나라

사슴이 우리를 몰래 기억한다

내가 나라에 몰래 가서

화해에의 강요

나는 그 모든 사람들과 화해하고 싶다
화해할 만한 사람이 아니라도
한 번도 다투지 않은 사람과도
화해하고 싶다 조르고 물고 늘어져
화해를 받아 내고 싶다

화해는 하지만 이해는 안 되네요

나는 그 모든 규칙과 법칙과 화해하고 싶다
그 모든 습관과 나태와 미루지 않고
그 모든 비루와 남루와 화해하고 싶다

시간을 들일수록 집요해지더라도
그 모든 초췌와 초라를 쓸쓸해하지 않고
그 모든 궁핍과 비굴로부터 화해를 받아 내고 싶다

이해는 하지만 화해하고 싶진 않네요

내가 한 화해가 나의 것이 아닐 때

이미 한 화해를 수없이 다시 해야 할 때
첫 싸움으로 돌아간다
무수히 금이 가기 시작하는 악수

나는 나 자신과 화해한다
나와 화해하여 나를 멀리한다
이것이 나의 오체투지다

사람을 잃는 방식이 독특하네요

모두가 나를 잃었는데 나는 나를 못 잃었다

아픈 사람의 방

안개에 풀리는 문장을 읽는다
안개를 긁어 적은 문장

'이제 외롭지 않다'

아픈 사람의 영역이란 이토록 완강한 것일지
하나의 문장이 완성될 때
하나의 영역이 완성되는 것일지

안개를 옮기는
잎맥 같은 숨

먼 핏줄을 다녀온 피가
숨소리로 멀어져 가는
묽은 여독

깊은 선잠에 든 듯
안개의 문장이 머무는

아픈 사람

자신과의 결별에 매달려 가는 사람
결별에 이르기까지 갖고 온
의문은 풀리지 않는다

남은 날을 헤아려 보다
남은 날이 쏟아진다
깨진 모래시계 속의 시간이 쏟아지듯

잠시 일었다 다시 걷히는
의문을 내려놓고
스스로 들어가 닫은
스스로 틀어막은

한순간의 긴 침묵
자기 자신의 빈자리
숨막히게 무의미한

자리를 추스르고
사이를 가다듬고

그는 그를 목격했을까
그는 자신을 여러 번 건넌다

오늘은 아무도 안 죽었어
아무도 안 죽었어

바닥난 목소리를 더듬어
집으로 돌아가기 시작할 때
집이 희미해지기 시작한다

비의 학교

손금이 얼굴로 흘렀다
얼굴이 희미해지는 동안에도
손금은 얼굴 밖으로 흘러간다
무엇을 가리키게 되는 건지
허공의 실뿌리가 되어
귓속말을 흘려보내기 시작하는 건지

우리는 향을 피우고 돌아서서
더 미룰 수 없는 등교를
비의 손금을 알아 가야 했다
비를 긋는다고 하는 이유를
곧 사라질 것들을 찾아 깃드는 침묵을
매미들이 띄엄띄엄 우는 법을 알아 갈 때

빗속을 가로지르는 자전거 바퀴
우리는 벌거벗은 꿈을 꾼다
젖은 옷이 마를 때의 멀미 같은
달팽이가 지나간 듯 물드는
잠결에 내려앉는 빗소리

우리는 알게 된다
이제 무엇이 미뤄질지
매일 위치가 바뀌는 기다림이
누구의 생을 미룰지
손에 밴 땀처럼 미끄러운
가까워질수록 멀어지는

서로의 잠 속이 훤히 들여다보이는 휴교령
가슴에서 농담이 떨어져 갈 때

우리의 회색 겨울 서울

혁명은 부러졌다
누구도 돌을 던지지 않는다
누구도 돈을 던지지 않는다

걷어내자 다시 겨울
다시 제자리
이건 방패다

피 없이
불꽃 없이
불이 붙지 않는 혁명의 시기

나누고 나눠도 같이할 수 없는
모든 것이 미뤄지는
우리는 모든 시기의 잔당이다

일어나지 않은 일이 우리를 지배한다
벌어지지 않은 일이 우리를 와해시킨다

기침을 참는 혁명의 고요
서울의 겨울 숲
눈이 비로 변한다
죽은 나무들의 언 뿌리가 흙 속에서 녹는다

죽은 나무들의 숲에서
겨울비 내리는 숲에서
한 방울 두 방울 파고드는 침묵, 침묵들
이 혁명에는 소리도 물결도 없다

익명으로 얼어붙어
우리를 호명할 수 없게 한다
같이 혁명할 수 없어서
같은 혁명을 할 수 없어서

데크레센도 데크레센도
여리고 사소하게 밭은기침들

잡놈들의 세계사* 1

— 선상의 아늑

그가 바다로 나갔을 때 이미 새로 그어질 항로는

없었다 작살을 어깨에 새겨 넣었으나

곤두선 파도도 군도의 바람도

그의 몫이 아니었다 머리칼이 싱거워지는 동안에도

여전히 닻은 자신을 향해 던져졌고 밧줄은 발목을

휘감았다 수없이 많은 고래들이 스쳐 갔으나

매번 그는 망원경을 거꾸로 집어 들었다

* 호르헤 프란시스코 이시도로 루이스 보르헤스(Jorge Francisco Isidoro Luis Borges, 1899.8.24~1986.6.14)와 관련 없음.

잡놈들의 세계사 2

─ 우울한 식도락가

그가 마지막으로 동공과 바꾼 것은 날치알이었다

막 입 밖을 나온 혀가 불가역적 치를 떨었을 때

날치알은 자오선과 나란한 두 젓가락 사이에 떴다

순간 자오선이 일렁였고 두 무릎은

시간을 무릅쓰고 툭 튀어나왔다

날개 있는 것들 날지 않았고 발 달린 것들

달리지 않았고 바퀴 있는 것들 구르지 않았다

그가 지닌 모든 구멍에서 낮과 밤 별똥별 성게

요구르트가 쏟아져 나왔다 날치알은 그의 동공에서

부화를 꿈꾸고 미처 떨어질 틈 없었던 젓가락만이

자오선을 가리키고 있었다

잡놈들의 세계사 3
— 우다이와 쿠사이

이를 악물고 서로를 찾느라 그들은 서로의

과녁이 되었다 서로를 숨어 다니느라

서로에게 독실해졌다 사냥개에게 쫓기는 늑대처럼 여
러 번

자신을 부정했으나 천 개의 고향으로도 모자란

단 하나의 타지 나침반의 유리 바늘과 석상의 모래 눈은

언제나 한 곳을 가리켰다 자신의 발자국인 줄 모른 채

자신을 미행했던 과녁의 동심원 속으로

고향 없는 사람의 귀향같이 종적을 감춘

잡놈들의 세계사 4
— 로미오들

앳된 그들이 애먼 노파의 미골을 훔쳤다 갑골 같은

뻐드렁니가 번득였을 때 사정은 이미

마무리되었다 노파가 체머리를 흔들며 그들의 성마름을

나무랐다 노파가 기다렸던 건 녹슨 종소리와

탈골로 새긴 최후의 날이었다 그들의 뻐드렁니를

허락했던 것도 그들에게서 종말 냄새가 났기 때문이었다

그들과 노파 사이에 예상치 못한 평화가 찾아왔다

그들의 손을 빠져나온 그들의 몸은 묵처럼 고요해졌다

내일은 누구의 손으로 멈출 것인가 종소리의 녹을 벗기며

그들은 수천 년간 되새겨진 사역을 시작했다

잡놈들의 세계사 5

—Jack Kohuligae

계시에 떠밀리듯 그는 도시로 왔네 한동안 산 개울에서
손이 으스러져라 쥔

떡밥을 먹고 플라나리아처럼 뒹굴었지만 도시는 그를 내
버려두지

않았네 우회하는 법을 몰랐던 그는 신과 무자비를

다투었고 어떤 악한도 그에게는 미치지 못했네 코 묻은
돈이

피 묻은 돈이 되도록 많은 사람을 가슴에 묻고 나서야
그는 이생이

전생임을 깨달았네 깨달음은 헛바늘로 돋았다가

꼬리뼈로 내려갔고 누군가에게 전생을 고할 때면

천사의 입장에서 말하는 강박이 생겼네

새 신을 신고 싶은 게로구나.

게로구나까지 다 들은 전생은 없었지만 친절하게도 그는

귀까지 세탁해 주었네 우박이 쏟아지고

독버섯이 한창이던 어느 날 그는 자신을 꼬리뼈부터

땅속에 묻었네 그리고 며칠 후 며칠

후 그의 가슴에서 민물가재가 발견되었네

잡놈들의 세계사 6

— 고리타 군

그는 어렸을 적 유난히 오줌을 많이 싸는 아이였고 다
자라서도
기저귀를 차고 다녀야 했다 밀물이 들어찰 나이가 되자
이제 사정을 참을 수 없었다 칭찬을 들을 때나
상을 받을 때면 어김없이 했고 그때마다 박수의
뭉글한 감촉을 오래 간직하곤 했다 시간이
흘러 그는 앞길에 놓인 모든 자리를 휩쓸고 선거에서도
언제나 승리했다 빈번이 몸에 불이 켜지듯 사정을
하던 그는 마침내 독재자가 되었다 그러나 더 이상 꿰찰
자리도
거둘 승리도 없게 되자 그는 하지 못했다 얼굴이 어두워
졌고 말수가
줄었고 목소리에서 모래알이 서걱이는 듯했다 그는 태어
나서
처음으로 아이였을 때가 그리웠고 엄마가 보고 싶었다
그는 자신에게 사형을 언도했다 재판도 없이
사형이 집행되었을 때 젖 먹던 자세로 전기의자에 오른
그의 얼굴은
맑았고 바지는 흠뻑 젖었다

잡놈들의 세계사 7
— 로리스의 개종

젊은 시절 신부였던 그는 나이가 들수록 머리가
빠져 중이 되었다고 했다 절은 문 하나와
방 하나가 전부였다 북향의 어두운 방 안에는 불상 하나
탱화 하나 없었고 인주 냄새만 벌건 입김처럼
감돌았다 그는 묵주를 걸고 목탁을 쥐고
앉아 죽상을 짓거나 풍경 소리를 들으며 인주를
만들었다 그의 말에 따르면 입과 항문은 도와
가깝다 고로 토와 똥은 도통에 이르는 길이다
천사 같은 밤 그는 오백나한의 표정을 곱씹으며 배꼽에
힘을 주었다 땀을 씻고 퇴근하는 운동선수의
뒷모습 같은 골반 아래로 정화조의 깊은
음이 사후의 소화제처럼 들려왔고 똥줄이 타는
사람의 손자국이 거미줄에 선명했다

잡놈들의 세계사 8

—— Amado Guevara

역사는 아무도 편들지 않는다.

고백을 피해 이런 선언 속을 맴돈 그조차

몇 개의 가명으로 이뤄져 있었다 손수건

없는 손수건 돌리기처럼 그는 같은 시각 같은

곳에서 역할을 바꿔 가며 포섭되었다 그가 지나는

곳마다 이야기는 갈렸고 질문은 숨죽었다 지나치게 이른

말년, 그는 자신과 손잡지 않은 것으로 알려졌다 용도를

생각하는 최후란 고루했지만 자신을 숙청함으로써

세계의 일부가 닫힐 거라고 믿었다 곳곳에서

유서가 발견되었으나 그의 착오는 동일했다 여러 번 삼킨

질문에 대하여 가장행렬 같은 이야기에 대하여

일생을 회고한 그는 그 회고대로 살았다 누군가의

누구로 남지 못했고 이름으로부터 해방되지

못했다 기록에 의하면 그의 마지막

이름은 마우스였고 사인은 링거에 내려앉은

꽃가루였다

멸치묵시록

부두에서 은빛 멸치를 털 때 우리는 횟집에서 비뇨기를
턴다
우리는 우리의 차례일 뿐 하나도 신선할 게 없다 우리를
부산물이게 하는 황혼
한번도 신이었던 적 없는 사람들의 눈썹에 거웃이 자라
있다

*

새어 나오는 발기음
뒤돌아서서 무릎이 붉어진 노인의 수음을 듣는다
잃어버린 환멸을 복기하고 있는지 점 점 점 멸 멸 멸
텅 빈 게송 둘레를 도는 찬송의 후렴처럼 기나긴 사정이
임하기를
기도할 수 없다 가물어 가는 손의 적막으로는
자기 환멸의 손을 하나 더 거느리게 된 신에게

*

새의 눈을 한 수녀가 물끄러미 미끄러지고 어둠은 날개
를 덮는다

멸치의 감기지 않는 눈

신선한 종말을 받아 놓고 들여다본다 모든 종말이 망설였던 전야는

사소한 발버둥에서 시작될지도 모른다 종말의 돌쩌귀에 발 하나가 부족하다면 발을 밀어 넣을 준비가 되어 있다

멸치의 죽은 눈알을 끼었듯 종말의 재촉은 방언으로 이루어지고

우리는 동의하듯 눈썹을 파묻는다 빈 껍질이 되어 가는 비린 고개를

*

텅 비어 노는 해

멸치 알들이 몸에 박힐 듯 붙어 다닌다 꼬리 없는 알 속에서 우리 모르게 시작되는 일

멈추지 말라 한 방울도 남지 않을 때까지

지속 가능한 사정을 위해 사정사정하라 신이 우리를 두려워할 때까지

미완의 지속 가능한 종말

신의 두려움이 부른 마취의 빛

은빛 해조음이 나부낀다 첫 이슬 같은 최후의 정액이
부서진다

파국의 미학

그에게는 폭약 같은
심장이 있다 몸 밖에서 무거워지는
피가 있다

멈추지 않는 머리는 끊임없이
창을 두리번거리고
빛은 더 날카롭게 깨진다
심장은 더 위태로워진다

언제 터질지 모르는
그것은 음악 중에 전염되고
감염된 사람들은
피가 빠르게 뛴다

피 안에 고이는 음악은
제자리걸음 같은 이명으로
시간을 타들어 가고

이제 남는다 서로를 터뜨릴 일만

등을 마주하고 흩어진 구멍이 될
시간의 연쇄 폭발

곤충의 눈 같은
텅 빈 구멍들이 쏟아지고
머리카락이 폭발음에 젖고
밀려오고 쓸려 나가는 혈흔

피가 먼저 바닥나겠지만
다시 심장에 스미기 전에
흩어진 눈으로 돌아보기 전에

파국의 미학 2
— 형이상학적 뮤즈*

그가 나를 터뜨리는 곳은 밖이 아니라
안이다 되풀이 터뜨리는 나의 안

언제부터였을까 우리의 아침이 파괴되기 시작한 건
몸 가득 폭죽을 터뜨리는
투명한 불꽃놀이

통점 하나하나 아릿하게 깨우는
실핏줄 마디마디 울혈이 맺히는

살이 남았다면 살을 섞어
손이 남았다면 손을 잡아
눈이 남았다면 눈을 맞춰
입술이 남았다면 입술을 맞춰

내가 파괴될 때마다 그는 눈뜬다
하나하나 그일 수 있게
그가 되어 그를 잊을 수 있게

우리는 비집고 들어간다 서로에게
알고 있다 이것은 도화선
끝이 보이지 않는 도화선

서로 다른 아침을 타들어 가는
파괴만이 서로를 지속시키는
우리는 안과 밖이 뒤집힌다

상처가 생기고 우리가 다치는 거잖아
핏줄이 생기고 우리가 흐르는 거잖아
사랑이 생기고 우리가 시작되었잖아

* 카를로 카라(Carlo Carra)의 그림.

귀 얇은 처녀들의 도시

느개 속을 우산을 든 처녀들이
처음 배운 외국어를 속삭이듯이

우리들의 방사능 수치를 사랑해

가볍게 머물다 간 입술
가을이 늦어지는 잎사귀같이
잠귀가 가벼워져

간결한 빨래들이 다시 젖어 가듯이
낮과 밤이 마주 보듯이
은빛 귀고리의 느개 속을

누가 불었는지 떠오르지 않는 풍선
깁스를 떼어 낸 발처럼
가는 복사뼈의 여자가 달려갔고
기적처럼 슬픈 눈을 한 강아지

은빛 귀고리의 강가에서

처녀들의 귀는 잔물결처럼
외국어의 사랑말 조각을

비밀은 마지막까지 옅은 게 좋아
우리들은 잊어야 할 게 없는걸

예년의 사랑처럼
음악의 평균 시간처럼
강 위에 뜬 방사능 무지개

강 밑에는 수없이 반지들이 가라앉아 있는데

스케이트

빙판을 사이에 두고
서로의 하늘을 지치는
우리는 날을 마주하기도 했는데

마주한다는 것

서로의 석양을 향해
물끄러미 잠겨 가는

민달팽이
— 혀는 언제 껍질을 벗었나

하나의 껍질이 망설여 온 여름처럼

혀는 하나의 질문을 머뭇거리고 있다
시간을 쏟아내리는 느린 답변

질문과 답변이 서로를 기다리는
그것은 침묵을 더듬는 일이라서

혀는 늦춰지고 있다
시간이 무뎌질 때까지

자신을 염하는 것
벗어 버린 껍질이라는 불가피를

껍질을 벗은 혀는 자신에게 머물 수 없다
자신에게 숨을 수 없다

자신을 머뭇거리는 속도로는

아이스크림이 녹는 길

기억되지 않는 미미한 태풍
뒤꿈치로 흘러내리는 바람
등에 붙은 머리카락을 떼 주었다

뜨거운 손으로 만진 바람
손 안에 차오르는 뺨들
오래 잡고 있던 너의 손은 자랐다

우리는 발등을 수평으로 해 보았다
해변의 끝으로 가서
가만히 손을 놓았다

그 여름을 식히는
한숨 같은 고요
파란불에 아이스크림이 녹기 시작했다

아이스크림 녹는 소리가 크게 들렸다
닿을 수 없는 뺨이
등 뒤를 오려 내는

밤의 어시장

어설픈 것들의 밤이야 어설픈 가로등을 지나 어설픈 모
퉁이를 돌아
어설픈 어시장에 가서
여행을 음악으로 떠올린다는 건 뭘까
어설픈 대화가 어설프게 이어지는
어설픈 천막들 어설픈 불빛들
불빛에 비친 너의 어설픈 웃음
그가 사랑한 건 너의 웃음이었구나 어설프게 깨닫는 밤
이야
그의 어설픔에 물드는 밤이야
그에 대한 어설픈 예의에
우리는 어설픈 순례를 하고 있었어
어설픈 별이 떠 있는 어설픈 밤을
어슴푸레 멀어지는 불빛 너머의 밤을
여행을 음악으로 떠올린다는 건
언젠가 우리가 어설프게 헤어진 적이 있다는 뜻이었어

또 다른 기일

그것은 나에게 살고 있다
코리아 안의 코리아타운처럼
정확히 말할 수 없는 위치
하루아침에 달라지는 날짜

나의 오늘은 몇 번씩
그것을 따라 모이고
그것에 매달려 있다
오늘 안에서 오늘이 아닌 것

그것은 때로 뜨겁고
귀가 달아오르는데
그것이 나에게 등을 보일 때면
어디선가 도사리고 있던 시간이 덮쳐 와

내 안에서 내가 아닌 것
먼저 와 있는 내가
내게 다시 도착하는
먼저 자리를 뜰 수 없는

나는 나를 연습하지 않으려 한다
나에게 닿을 수 있다는 생각을 버린다
다른 누구일 수 있다는 생각을

그것은 나를 숨기는 일이어서
정확히 뭘 숨겨야 할지 모른다
어떤 얼굴이어야 할지

코리아 안의 코리아타운처럼
움직이지 않고 가만히 위치가 바뀌는 것
날짜에 금이 가 있다

필적이 닮아 간다

아내의 들숨에서 새장이 삐걱인다
숨결을 다듬어 주고 싶지만
잠의 깊이를 재기가 망설여져
발가락만 바라보고 있다

아내의 감은 눈썹을 헤아리거나
맥박에 빠져들 때면
밤을 필사하듯 시간이 느려지고

귀를 붙드는 새소리
누가 밤을 결례하고 다니는지
변기 물이 내려간다

무엇을 내린 걸까
귀신에게도 내릴 게 있나
자신이 귀신인 걸 알아챌 때
귀신은 물러가고

아내가 잠결에 웃는다 말랑한 새알처럼

나와 뭔가가 닮아 가는데
그게 뭔지는 모르겠고

나의 관자놀이에서 아내의 맥박이
오목하게 뛴다 성공적으로
감기를 옮겨 온 것이다

소리 없는 울음이 귀를 붙드네

장은영(문학평론가)

'나'라는 이미지

이마고(Imago)는 얼굴을 본떠 만든 가면을 이르는 말이었다고 한다. 고대 로마의 귀족들은 조상의 얼굴을 밀랍으로 떠낸 이마고를 장례식에서 영정사진처럼 쓰거나 집 안의 선반에 모셔 두었다고 전해진다.(레지스 드브레, 정진국 역, 『이미지의 삶과 죽음』, 글항아리, 2011, 23~26쪽) 이마고에 죽음과 더불어 함부로 대할 수 없는 신성함이 담겨 있다고 믿었던 것일까? 분명한 건 얼굴에서 분리되는 순간 죽은 자의 얼굴이나 사물로 환원될 수 없는 특이성을 획득한 이마고가 후손들에게는 자신들의 삶에 개입하는 실재였으리란 점이다.

이미지의 라틴어 기원인 이마고가 환기하는 것은 이미지가 원본을 본뜬 무엇이 아니라 그 자체로 하나의 실재라는 사실이다. 사전적 맥락에서 이미지는 신체적 지각을 통해 얻은 감각이 마음속에 재생된 것, 언어에 의해 마음속에 생산된 것 정도로 설명되는데, 이런 설명은 이미지가 세계(대상)에 대한 감각적 복사품이라는 오해를 불러일으킬 수도 있으리라. 그러나 이마고가 죽은 이의 얼굴로 환원될 수 없는 것처럼 시적 이미지도 다시 본래의 대상으로 환원되거나 언어로 번역될 수 없다. "이미지의 의미는 이미지 자체이지 다른 말로 설명될 수 없"으며 "이미지의 최종적 의미는 이미지 그 자체"(옥타비오 파스, 김홍근·김은중 역, 『활과 리라』, 솔, 1998, 144쪽, 146쪽)라는 옥타비오 파스의 말처럼 이미지는 언어로 설명 불가능한 시적 사유이다. 이마고가 무덤에서 썩어 가는 주검으로 환원되지 않고 그 자체로 존재하는 얼굴이듯이 시적 이미지는 실제의 세계를 초월/파괴하면서 존재하지 않았던 세계의 얼굴을 탄생시킨다.

김성대의 세 번째 시집은 언어를 통해 드러나지 않는 세계의 얼굴과 그것에 귀속된 시적 주체 '나'에 관한 이야기를 시작한다. 시인은 죽음을 상징하면서 동시에 현실에 속하는 이마고처럼 삶과 죽음의 경계를 넘나드는 얼굴이자 누구에게도 속하지 않는 얼굴인 '그것'을 포착하고, '그것'이 '나'의 삶에 개입하면서 스스로를 의심하게 만들고 있다고 진술한다.

그것은 나에게 살고 있다
코리아 안의 코리아타운처럼
정확히 말할 수 없는 위치
하루아침에 달라지는 날짜

나의 오늘은 몇 번씩
그것을 따라 모이고
그것에 매달려 있다
오늘 안에서 오늘이 아닌 것

(중략)

나는 나를 연습하지 않으려 한다
나에게 닿을 수 있다는 생각을 버린다
다른 누구일 수 있다는 생각을

그것은 나를 숨기는 일이어서
정확히 뭘 숨겨야 할지 모른다
어떤 얼굴이어야 할지

코리아 안의 코리아타운처럼
움직이지 않고 가만히 위치가 바뀌는 것
날짜에 금이 가 있다

─「또 다른 기일」에서

"코리아 안의 코리아타운"은 "코리아"라는 기표가 의미하는 것이 무엇인가를 의심하게 만든다. 마찬가지로 "내 안에서 내가 아닌 것"이 있음을 감지하는 '나'는 동일성의 자아란 허구적 믿음일지도 모른다고 의심하게 된다. '나'는 스스로 이해하거나 설명할 수 없는 "그것"들로 뒤섞인 존재는 아닐까라는 의구심이 증폭되자 '나'는 "나에게 닿을 수 있다는 생각을 버"리기로 한다. 내가 동일성의 자아라는 믿음을 져버리면 '나'는 누구일까라는 물음은 불필요한 질문에 지나지 않는다. 지금의 '나'는 '나'라고 생각되는 이미지일 뿐이다. '나'라는 이미지라니?

사유하는 주체이자 말하는 주체인 자신의 내면에서 낯선 목소리들이 들려온다면 자기에 대한 확신은 흔들리기 마련이다. 자기 존재를 스스로 증명할 수 있다는 믿음이 무너지는 순간을 응시하는 이 시는 인식의 혼란을 드러내는 데에서 나아가 사유하는 주체의 죽음을 암시하고 있다. 알다시피 사유한다는 사실을 존재함의 근거로 삼는 주체는 세계(타인)를 자기 인식으로 환원하는 동일성의 논리 안에서만 존재한다. 동일성의 자아는 하나의 믿음이자 세계관처럼 존재하면서 시에서는 세계와의 회감을 성취하는 서정적 자아로서 역할해 왔다. 그러나 2000년대 이후 한국시는 비동일성과 탈주체화 양상을 시대적 증상으로 표출하며 서정적 자아와 차별화된 시적 주체를 출현시켰다. 그 무렵 김성대는 첫 시집에서 누가 말하는가에 주목하며 시적 주체란 자기 내면의 소리에 귀기울이는 동일성의 자아를 초과하는 존재임을 표명해 왔다.『귀 없는 토끼에 관한 소수 의견』(민음사, 2010)이나『사막 식당』(창비, 2013)에서 시인은 동일성의 주체를 부인하는 실험의 일환으로 감각을 인지하고 통합하는 주체를 의문에 부친 바 있다. 세 번째 시집에서도 김성대는 자기동일성을 의심하게 하는 "그것"을 포착하려는 시도들을 놓지 않고 있다. 그는 동일성의 주체로 환원되지 않는 '나'의 가능성을 실험하며 '나'를 실재하나 언어로는 명명되지 않는 이미지라고 전제한다.

누가 말하는가?

김성대의 시에서 발화하는 일인칭 주어 '나'는 누구인가? 누군가 발화의 출처를 먼저 묻고자 한다면 그 시도는 실패할 것이다. 김성대의 시에서 발화하는 이는 이미 죽은 자이거나 거듭 자기를 분실하는 상황에 처해 있기 때문이다. 자기를 분실하는 장면을 보자. 쌀을 씻거나 밥을 안치는 와중에도 문득 태풍의 눈 "속으로 사라진 밤비행기처럼/ 자신을 결항하"(「숲가의 토론토」)는 듯한 자기부재의 감각은 시공간의 질서를 무력하게 만들고 일상을 후경으로

몰아낸다. '나'의 삶을 증명해 주는 일상이 후퇴할 때 '나'
는 자신이 (여기) 있다는 사실조차 의심하며 "내가 없음"이
라는 아득한 부재의 감각에 사로잡힌다.

이것은 내 그림자가 아니다
생각하면 나는 없고
눈을 감아도 내가 떠오르지 않는다

나는 내가 무섭다
모든 것이 내가 없음을 가리키는데
나는 왜 있을까

———「seesaw」에서

화자는 일인칭 주어의 자리에서 자기 스스로를 '나'라고
말하지만 사실 주어가 지시하는 대상의 실체는 없다. '나'
는 언술이 있는 곳에서 희미하게 떠올랐다가 사라질 뿐 실
체를 가진 대상이 없는 비어 있는 기표이다. '나'에 관해
말할 수 있는 것이 있다면 '나'는 발화에 의해 상상되는 이
미지에 불과하다는 사실이고, '나'를 확인할 수 있는 근거
는 단지 '나'라고 생각되었던 "내 그림자"뿐이다. 그러나 그
그림자가 정말 내 존재를 증명한다고 확신할 수도 없는 노
릇이다. 그림자도 역시 불안정하게 나타났다 사라지는 '나'
의 이미지일 뿐 '나'라는 실체는 아니지 않은가. 누가 발화

하는가라는 질문은 처음부터 답변될 수 없는 물음이었다는 것만이 분명하다.

김성대의 시는 발화의 출처에는 아무도 없다는 것을 전제로 삼고 있는 셈이다. "나는 이제 생각하지 않는다/ 나의 사인을/ 나는 안다"(「오진된 행려병」)고 진술함으로써 죽은 자임을 표명하고 있는 유령, 귀신 등 비인칭의 존재로서 발화하는 '나'는 인식의 영역으로 포착될 수 없는 존재라는 점에서도 발화의 출처를 묻는 일은 무용해진다. 죽은 자의 목소리는 세계 밖에서 들려올 뿐이다. 그러므로 우리의 몫은 시의 발화들이 어떤 효과를 발휘하고 있는지를 지켜보는 일에 있다.

발화의 효과라는 측면에서 본다면 "내가 나이지 않"(「나의 조울메이트」)고자 하는 충동에 주목해야 한다. 동일성의 자아에 대한 반작용을 의미하는 이 충동은 부재하는 자아를 되찾고자 함이 아니라 동일성에서 벗어난 존재의 가능성을 찾고자 하는 것으로 해석된다. 자아에 대한 반작용의 충동을 구체적으로 드러내는 것은 두 편의 연작시 「마조라나 페르미온」이다. 이 시들은 동일성의 자아가 독립적으로 존재할 수 없으며 자아는 그에 대해 반작용하는 또 다른 자아와 양립한다는 점을 미시세계에 관한 과학적 사실을 빌려 전한다. 자아의 존재 형식에 관한 이 진술은 우리의 인식으로는 모순이지만 실제로 입자와 반입자가 양립하는 모순의 입자 마조라나 페르미온은 존재한다고 관측되었다.

입술은 다 말해 버렸는데
목소리는 아직 오고 있고
목소리를 기다리느라
입술이 한 말을 잊는다

사이가 비어 가는 귀와
몸을 점묘하는 맥박 사이에서
내가 나의 괴뢰가 되는 시간

(중략)

누군가 나에게 위조되어 있다

— 「마조라나 페르미온」에서

속도의 숨겨진 어둠에서
미간이 닮아 가는 일
우리는 같은 거짓을 갖고 있구나

이편에서 보는 안간힘이
저편의 허물어짐인 것
저편의 것들이 우리를 허물고
이편의 것들이 우리를 가린다

(중략)

서로의 암전이 되어서야

우리는 간신히 존재로웠다

— 「마조라나 페르미온2」에서

　입자와 반입자를 동시에 지닌 마조라나 페르미온은 물질과 반물질의 경계에 있는 역설적 입자이다. 육안으로 보이지 않는 미시세계의 사안이지만 마조라나 페르미온은 물질이 동질성으로만 구성된다는 상식을 무너뜨리며 입자와 반입자의 양립불가능성을 양립가능성으로 바꿔 놓았다.

　일상이 펼쳐지는 거시세계의 시간과 공간은 연속성을 띠고 있다고 전제된다. 그러나 육안으로 보이지 않는 물질의 최소 단위를 다루는 미시세계에서 시간과 공간은 불연속적이고 불확정적이다. 예컨대 미시세계에서 입자는 위치의 확정성과 함께 그것을 제약하는 파동성을 지니기 때문에 입자의 위치와 운동량은 정확히 측정될 수 없다. 김성대는 이 같은 미시적 관점으로 '나'를 재구성해 보기로 한다. 만약 내가 미시세계에 속한 입자라고 가정할 때 '나'는 '나'의 위치 확정성을 제약하는 파동성으로부터 영향을 받으며 측정할 수 없는 시간과 공간의 좌표에 존재하게 되는 셈이다. 그렇게 되면 어떤 일이 일어날까? 아마도 내 "입술이 한 말"이 '나'에게 도달하기까지 간극이 발생할 것이다. 말하는 시점과 듣는 시점을 표시하는 시공간의 좌표가 서로 일치하지 않을 때 말하는 '나'와 듣는 '나'는 하나로 겹쳐지지 못한다. 여기서 드러나는 사실은 '나'는 차연(différance)의 존재이며, 본질이자 실체라고 여겨졌던 동일성의 자아는 시공간의 연속성을 가정했을 때에만 성립되는 존재라는 점이다. 시공간의 연속성을 가정하지 않는다면 '나'는 마르조나 페르미온처럼 동일화될 수 없는 것들이 양립하는 상태로 존재한다. "저편의 것들이 우리를 허물고/ 이편의 것들이 우리를 가"리는 "그림자극이 되풀이"되듯이 '나'와 또 다른 '나'는 길항하며 충돌한다. 쌍둥이들에게 누가 누구의 얼굴을 닮은 것이냐고 물을 수 없듯이 누가 "나에게 위조"된 것인지도 해명할 수 없다. 그러나 역설적이게도 김성대의 세계에서는 '나'와 다른 '나'를, '나'의 그림자 혹은 '나'의 반물질로 받아들일 때("서로의 암전이 되어서야") 비로소 내가 존재로서 드러나는 순간이 찾아온다.("우리는 간신히 존재로웠다")

그러므로 '나'는 언제나 '우리'라는 복수화된 주체를 함축하는 주어이다. 그리고 '우리'는 '나'와 '나' 아닌 것이 양립하는 주어이다. 물질이 입자와 반입자로 구성되듯이 '나'는 내가 아닌 '그것'을 동반함으로써 비로소 '우리'가 되는데 그 과정은 서로에게 침투하면서("우리는 비집고 들어간다 서로에게", 「파국의 미학 2 ― 형이상학적 뮤즈」) 서로를 파괴시키는 반복된 죽음의 순간들을 동반하고 있다.("내가 파괴될 때마다 그는 눈뜬다") 다시 말해 '우리'는 자신의 목소리를 스스로 회수하는 구심력에 반하여 하나의 중심으로부터 분산하는 원심력을 가질 때만 성립하는 주어이다. 존재하기 위해서 자기 자신이라는 중심으로부터 멀어지는 자아의 죽음이 '우리'의 가능 조건이다. 죽음이라는 사건을 담보로 했을 때에만 불확정적이고 역동적인 복수의 주체 '우리'가 태어난다.

> 상처가 생기고 우리가 다치는 거잖아
> 핏줄이 생기고 우리가 흐르는 거잖아
> 사랑이 생기고 우리가 시작되었잖아
> ──「파국의 미학 2 ─ 형이상학적 뮤즈」에서

귀가 열릴 때

김성대는 발화하는 '나'를 이미지화하는 전략으로 동일성의 자아를 의심에 부쳤다. 자아에 대한 의심이 주는 선물은 '나'의 다양한 존재 가능성이다. 부재하거나 죽은 자가 되기도 하고, 또 다른 '나'와 양립하는 복수화된 주체 '우리'로 변신하기도 하는 '나'는 외부 세계와 접속할 때마다 새롭게 태어나는 익명의 존재이다. '나'를 변화 가능한 이미지로 받아들인다면 그다음에 살펴볼 문제는 '나'라는

역동적 이미지, 즉 인식이나 언어로 포착되지 않는 익명의
존재가 드러나는 방식이다.

이에 대한 답변으로는 「민달팽이 ─ 혀는 언제 껍질을 벗
었나」를 참조해도 좋겠다. 김성대는 역동적이고 불확정적
인 존재의 드러남을 전이의 과정에서 발견한다. 스스로는
자기를 드러낼 수 없는 유령처럼 '나'는 누군가에게 '나'를
전이하거나 누군가로부터 전이됨으로써만 드러날 수 있는
데, 전이는 '나'를 그대로 다른 개체에게 옮기는 이식과는
달리 자기 자신이라는 껍질을 벗고 나온 후 "자신에게 숨
을 수 없"게 된 혀처럼, "자신을 염하"고 나서야 가능한 사
건이다. 일상 세계에서 전이의 과정과 결과를 발견해 내고
있는 또 다른 시를 살펴보자.

> 귀를 붙드는 새소리
> 누가 밤을 결례하고 다니는지
> 변기 물이 내려간다
>
> 무엇을 내린 걸까
> 귀신에게도 내릴 게 있나
> 자신이 귀신인 걸 알아챌 때
> 귀신은 물러가고
>
> 아내가 잠결에 웃는다 말랑한 새알처럼

나와 뭔가가 닮아 가는데
그게 뭔지는 모르겠고

나의 관자놀이에서 아내의 맥박이
오목하게 뛴다 성공적으로
감기를 옮겨 온 것이다

　　　　　　　　　　　—「필적이 닮아 간다」에서

　첫 시집 이후 김성대의 시는 소리를 듣지 못하는 귀와
내면의 소리가 사라진 침묵의 세계를 시적 배경으로 삼고
있었다. 그래서 더더욱 침묵에 잠긴 귀가 서서히 열리기 시
작하는 이 장면은 김성대 시의 새로운 국면으로 읽힌다.
잠든 아내의 맥박이 '나'에게 전이되자 자신이 세계에 전이
된 존재임을 깨닫는 밤. 시작은 이렇다. 마치 죽은 자의 목
소리처럼 세계의 밖에서 들려오는 소리들이 '나'의 "귀를
붙"들기 시작한다. 여기서 주목할 것은 정체를 알 수 없는
소리에 붙들리는 귀의 수동성이다. 소리를 '듣는' 대신 '붙
들리는' 귀는 의미를 이해하는 귀가 아니라 소리에 전이되
는 귀이다. 밤에 우는 새소리나 귀신이 내린 변기 물소리
등 출처를 알 수 없는 세계의 소리는 식별되지 않은 채 귀
로 흘러들어와 '나'의 일부가 된다. 그것은 세계가 내게로
전이되는 경험이고 이때 '나'는 한없이 수동적인 몸일 뿐이
지만 한편으론 내가 존재한다는 사실을 온몸의 감각으로

알게 되는 순간이다. 자신의 목소리를 듣지 못하고 자신의 존재를 스스로 확인하지 못하는 '나'에게 전이는 세계(타인)와 "마주한다는 것"이고 서로에게 "물끄러미 잠겨 가는"(「스케이트」)것이다. 그렇게 감기가 옮듯 서로의 면역체계를 무너뜨리며 '우리'가 될 때 존재는 뛰는 맥박처럼, 숨길 수 없는 드러남 그 자체가 된다.

자아의 죽음과 파국이 사랑이나 혁명의 순간처럼 새로운 것을 탄생시키기 위한 선행 조건이라면 전이는 파국 이후에 찾아오는 기적이다. 너에게 또는 세계에 전이된 '나'는 지금까지 존재한 적 없는 '나'로 태어날 수 있기 때문이다. 김성대는 '나'를 이미지의 존재로 전제함으로써 지금까지 만난 적 없는 '나'에 대한 상상을 가능하게 만든다.

그럴 리는 없겠지만 기지의 세계가 모두 무너진다고 가정해 보자. 언어를 통해 대상을 식별가능하게 만드는 상징체계가 사라지면 무엇이 남게 될까? 그렇게 되면 '나'는 "분홍으로 태어난"(「소여와 분홍」) 살덩이로 남아 있게 되지 않을까? 의미화되지 않은 최초의 소여로서 '나'는 어떤 명명으로도 포섭되지 않고 단지 "분홍"으로 감각되는 물질에 불과할 것이다. 그런데 동물이나 인간으로 식별되지 않는 살덩이에 불과한 그것을 시인은 "기적"이라고 말한다. 이름조차 부여되지 않은 채 살아 있는 생명이 지닌 무한한 가능성 때문일 것이다.

분홍은, 세계(타인)와 만나는 순간마다 전이를 일으키며 다른 존재가 되는 무한성이 예비된 이미지이다. 그런 분홍들이 인식으로는 "다가갈 수 없"(「몰라본다」)지만 "밤새 뜬 눈으로 내 곁을 걷"도는 "죽은 고양이의 소리 없는 울음"처럼 '나'의 귀를 붙든다. 귀가 열리면 세계가 몸속에 들어와 '나'를 전이시키고 '나'는 처음 태어난 얼굴이 된다.

김성대에게 시는 매순간 다시 태어나는 얼굴이다. 그것은 낯설고 모호한 것이지만 우리가 알고 있는 세계를 무너뜨릴 수 있는 기적의 얼굴이다.

지은이   김성대
2005년 《창작과비평》 신인상으로 등단했다.
시집 『귀 없는 토끼에 관한 소수 의견』 『사막 식당』이 있다.
김수영문학상을 수상했다.

나를 참으면 다만 내가 되는 걸까

1판 1쇄 찍음 2019년 11월 1일
1판 1쇄 펴냄 2019년 11월 8일

지은이 김성대
발행인 박근섭, 박상준
펴낸곳 (주)민음사

출판등록 1966. 5.19. (제16-490호)
서울특별시 강남구 도산대로1길 62(신사동)
강남출판문화센터 5층 (06027)
대표전화 02-515-2000 / 팩시밀리 02-515-2007
www.minumsa.com

ISBN 978-89-374-0885-4 04810
      978-89-374-0802-1 (세트)

* 이 책은 서울문화재단 발간지원사업(2017년)의 지원을 받아 출간되었습니다.
* 잘못 만들어진 책은 구입하신 서점에서 교환할 수 있습니다.

민음의 시
목록